Happiness, what is it to you?

許多故事都有一個「很久很久以前…」的開始，但是對 Janet 而言，她在意的是**當下的樂趣與內心瞬間的感觸**。她不只一次想起老朋友 Margaret 對 Gold Coast 的描述了，一個迷人而性感的城市。某天午後，整理舊物時，發現書櫃裡一封正對自己閃閃發光的陳舊卡片，其中夾放了一張相片是**綿延的海岸線**，潔白浪花像神秘的留言與呼喚…記得 Margaret 提過當地一年有超過三百天的陽光，街道上總是開朗、和善的居民、旅人、衝浪客…這張印象不深的相片帶給她一股莫名的衝動，或許當初收件時疏忽了，Margaret 在背面寫著—— Main Beach 的空拍照，全長 75 公里的衝浪海灘以及一間中餐館名字「Mag's Room」，**那是她們之間唯一的線索**，多年不見，彼此記得對方的模樣嗎？幾天後，Janet 搭上往澳洲的飛機，沒有地圖沒有行程規劃，只有一張照片和飽滿而期待的情緒。她給了自己一段假期，她相信在遠方等候自己的快樂，而忙碌的日常生活中，她需要一些**新的喜悅**。

The clock is running. Make the most of today. Time waits for no man. Yesterday is history. Tomorrow is a mystery. Today is a gift. That's why it is called the present.

—— Alice Morse Earle

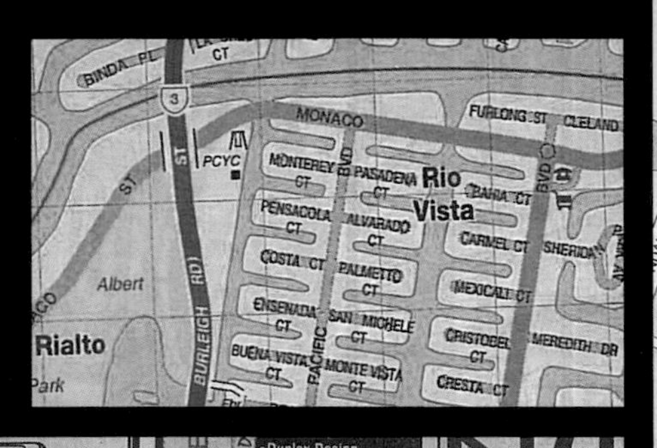

出發之前，許多人給了 Janet 建議和祝福，手機簡訊和網路留言盡是關於 Gold Coast 的美好經驗：在 Canungra Valley Vineyards 品嚐當地著名的紅酒、在 Currumbin Wildlife Sanctuary 與各種珍稀動物玩耍、在 Sky Point 觀景大樓用下午茶，享受俯瞰城市全景的悠閒⋯一位朋友提到了 Lady Elliot Island，但是沒有多提行程內容，只是簡單地說，「一個像天堂的小島。」當然、Janet 沒有忘記 Margaret 一直以來的好手藝，數年前輾轉得知她在當地開設了創意中餐館，讓初次造訪的自己，心中盡是期待和想像。

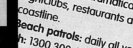

Protect your skin
For best protection
recommends a co
measures:
1. Slip on some s
covering as mu
2. Slop on broad s
SPF30+ sunscre
before you go ou
hours afterwards.
be used to extend
the sun.
3. Slap on a hat that p
neck and ears.
4. Seek shade.
5. Slide on some sunglas
they meet Australian st
Extra care should be taken
3pm when UV levels reach the
SunSmart UV Alert
The SunSmart UV Alert is reporte
weather section of daily newspap
the Bureau of Meteorology websit
the Bureau when they forecast a U
the day of three or above, the SunS
Alert identifies the times during the
sun protection will be needed.
Applying sunscreen
Apply sunscreen liberally. Most people
apply enough sunscreen, resulting in on
80% of the protection stated on the produ
Sun protection and babies
Evidence suggests that childhood sun
exposure contributes significantly to your
lifetime risk of skin cancer. Cancer Council
Australia recommends keeping babies
the sun as much as possib
months.
ocal
vided for details)
Boat ramp/s
Rainbow Bay is one
ches. Its variety of
es, while families love
becue facilities and
nd.
st famous
urfers from
sts, fishing is
rocks make
rge
parkling
the
AU
Janet
Hsieh
快樂的祕密
FOR YOU
Isle of Capri
Broadbeach Waters
Sorrento
Rialto
Rio Vista
Gold Coast Hwy
Broadbeach
TRADE ENQUIRIES WELCOME
Keeping Your Waterways Cleaner
• High Rise & Low Rise Specialty
• All Work Guaranteed
• Competitive Prices
• Fully Insured
• Free Quotes
Servicing the Gold Coast & Northern Rivers
THE PITMAN
0412 418 222
or 0423 096 959
Dredging Contr Equipment M
AUSWIDE DREDGIN
McQUADE MARINE

NEW WATERWAYS BOSS P4

7-DAY TV GUIDE IN PLAY

Gold Coast Bulletin

COLD AND WET? PUMP UP THE VOLUME

WITH the Gold Coast shivering through its wettest June since 2006, a psychology professor says some residents may be at risk of depression.

Bond University's Peta Stapleton prescribes a different kind of therapy – "turn on all of the lights, put some music on and have a bit of a dance around".

Dr Stapleton also recommended following the lead of these hardy beachgoers at Kirra yesterday.

然而，唯一不在想像中的事發生了。當 Janet 經過長途飛行與轉車，抵達 Gold Coast 之後，竟然遇到了陰雨…烏雲密佈的天空、空氣裡是厚重的水氣。當地新聞指出：這是自 2006 年以來最濕冷的時刻…沒想到也是她眼中第一個 Gold Coast 畫面…

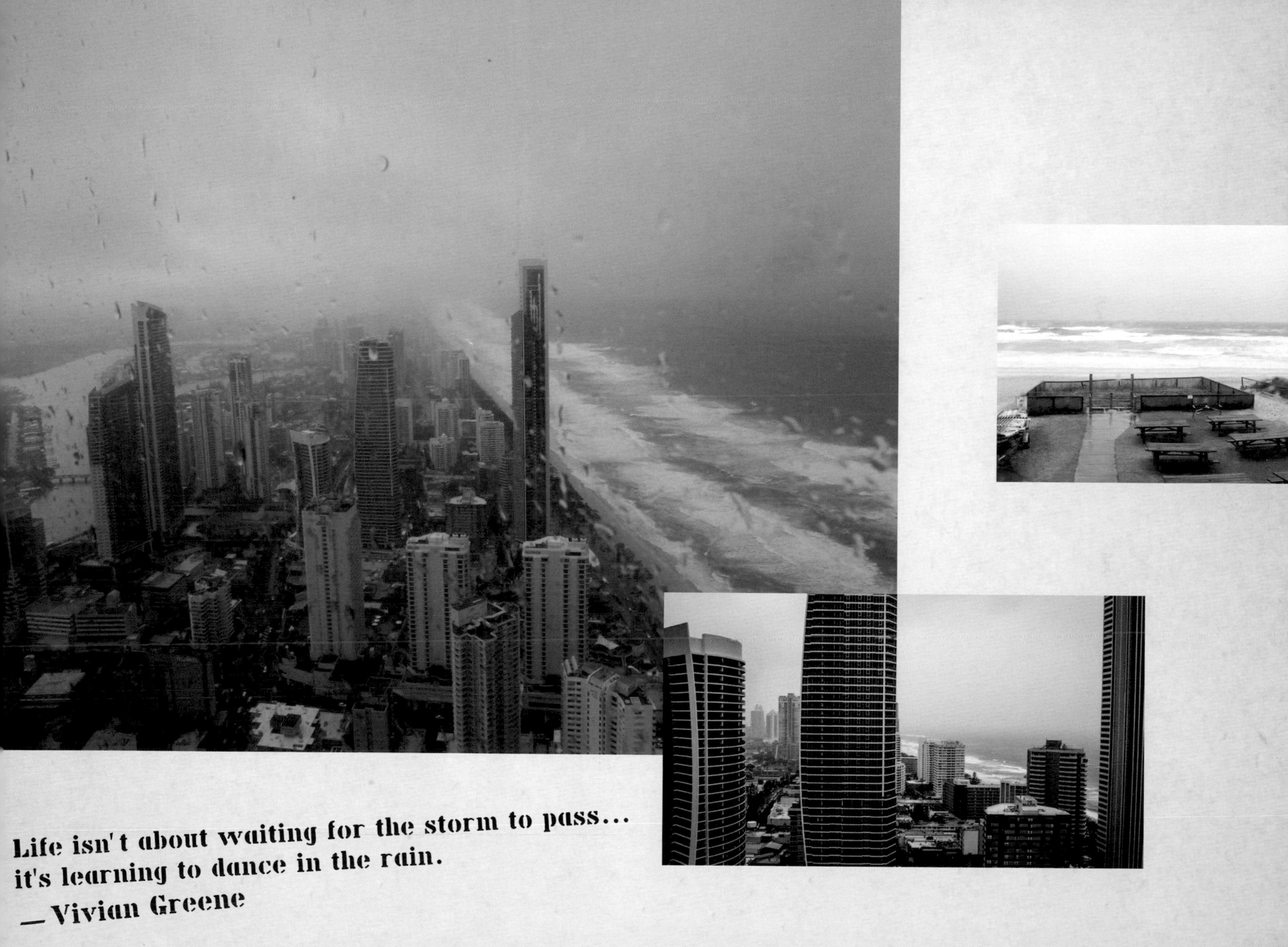

Life isn't about waiting for the storm to pass...
it's learning to dance in the rain.
—Vivian Greene

隔日，Janet 受傷了，前所未有的遭遇…原想在海灘展開旅途的第一天，一個心急、大意，忘了天雨，手骨有了嚴重的傷勢。當下、她感到氣餒，Janet 不是輕言放棄的人，但那瞬間突然覺得自己有如一株失去養分的植物，好像什麼事都在和自己作對…當她到了當地醫院就診，沒想到醫生判斷，她的手必須打上暫時性的石膏。對 Janet 而言，狀況無疑雪上加霜，她甚至開始懷疑這趟旅程是否還有繼續下去的必要？

Don't take life too seriously.
You'll never get out of it alive.
—— Elbert Hubbard

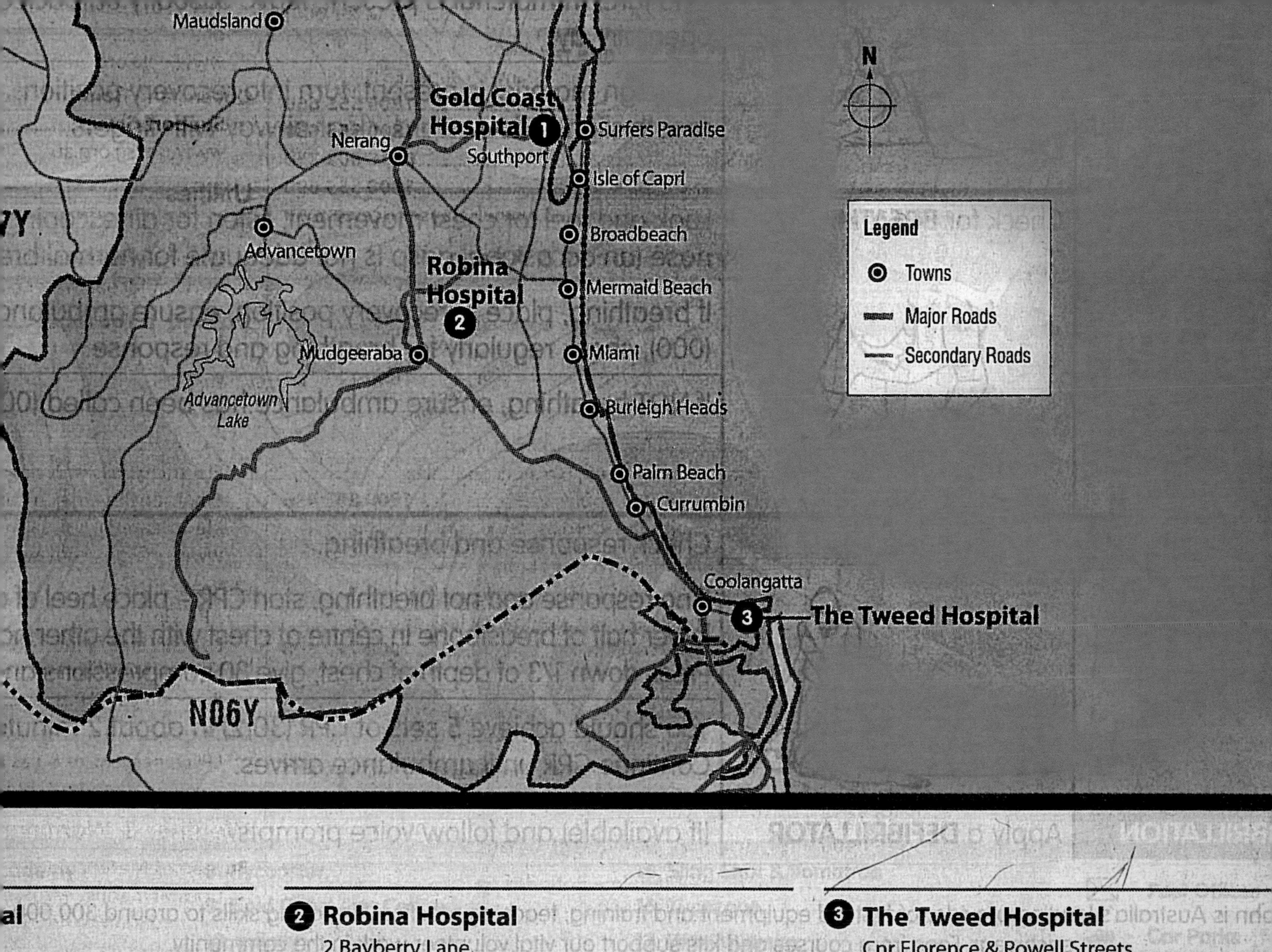

al

2 Robina Hospital
2 Bayberry Lane,

3 The Tweed Hospital
Cnr Florence & Powell Streets,

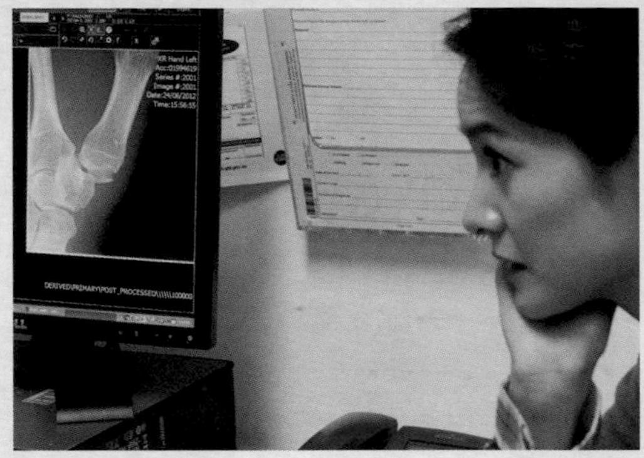

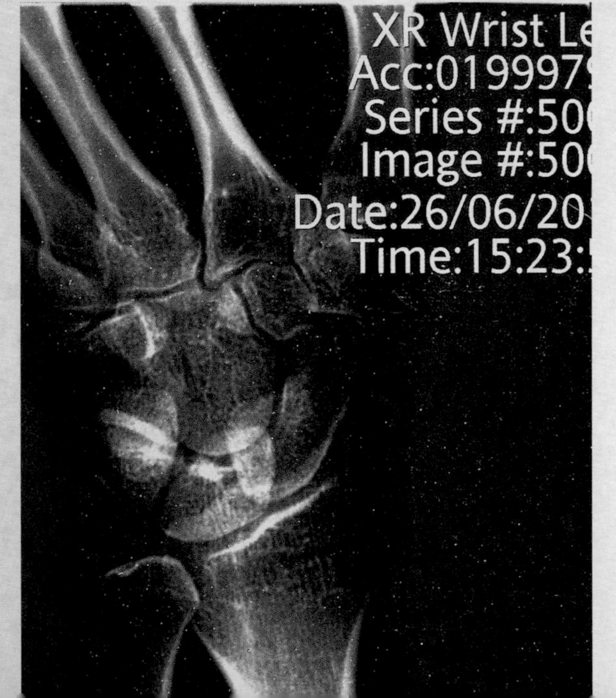
XR Wrist Le
Acc:019997
Series #:50
Image #:50
Date:26/06/20
Time:15:23:

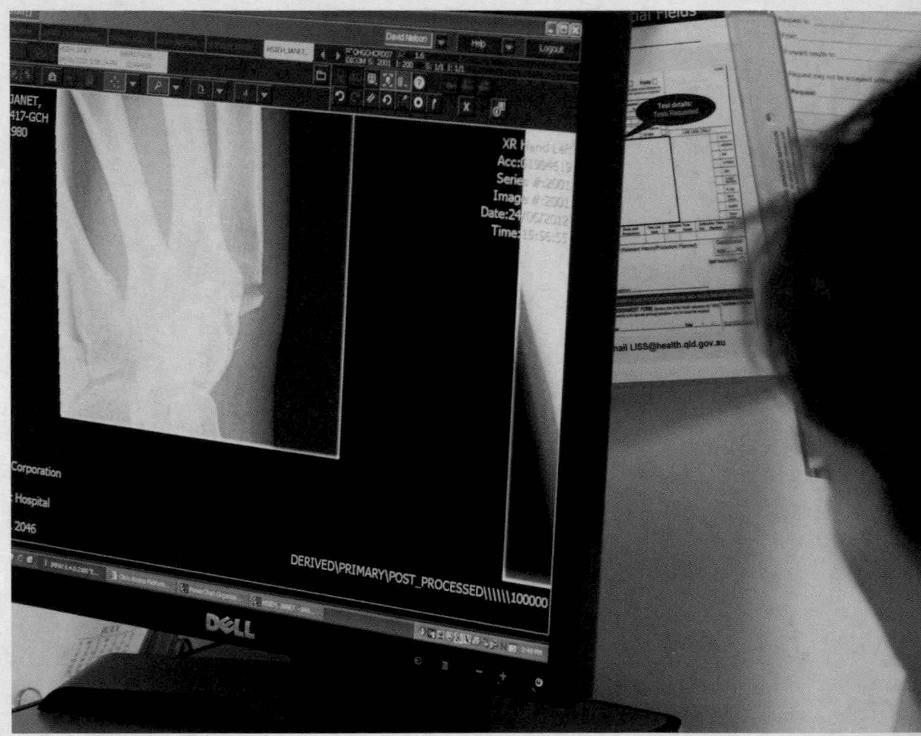
DERIVED\PRIMARY\POST_PROCESSED\\\\\\100000
DELL

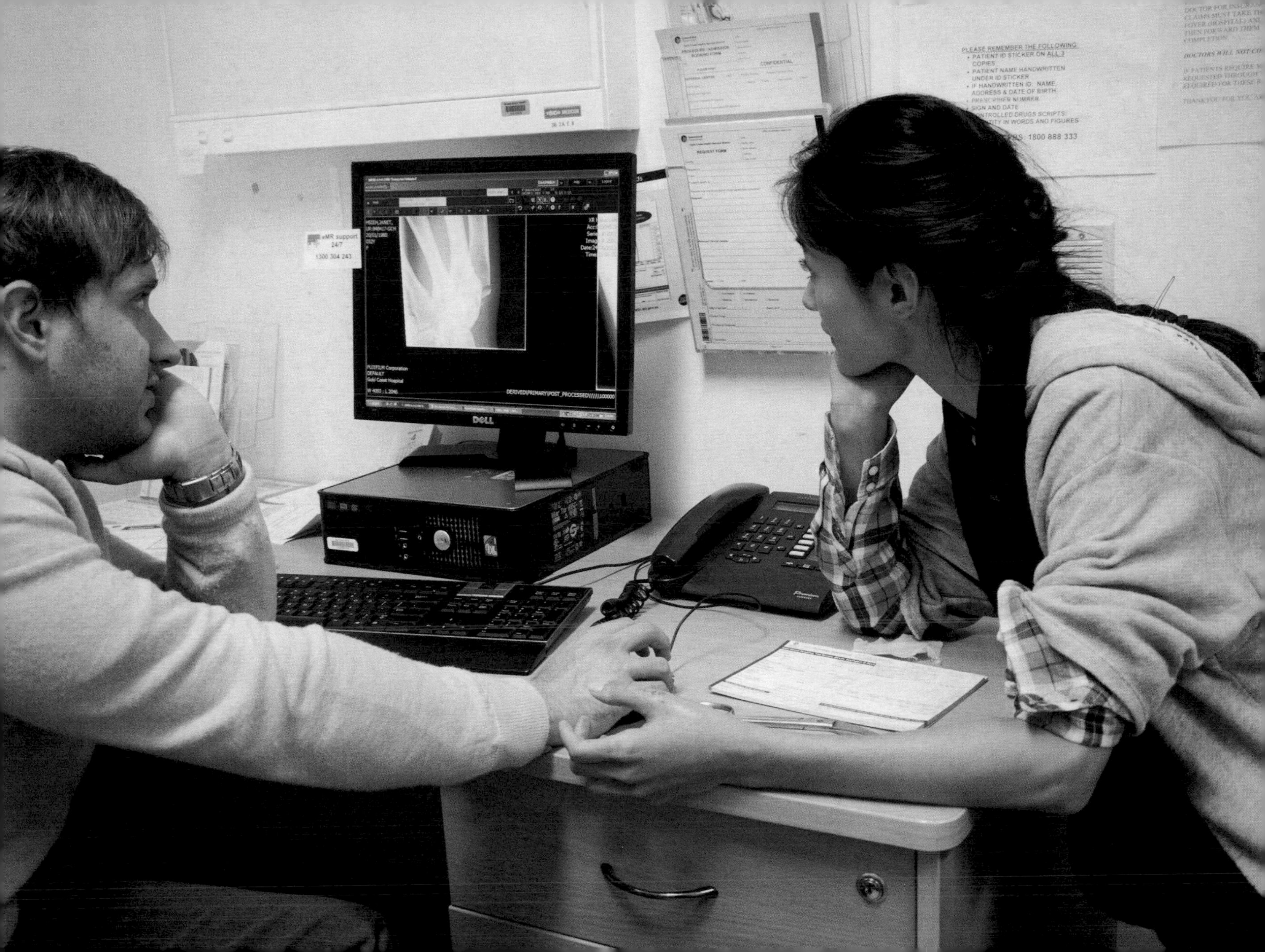
PLEASE REMEMBER THE FOLLOWING:
• PATIENT ID STICKER ON ALL 3 COPIES
• PATIENT NAME HANDWRITTEN UNDER ID STICKER
• IF HANDWRITTEN ID: NAME, ADDRESS & DATE OF BIRTH
eMR support 24/7
1300 304 243
DELL

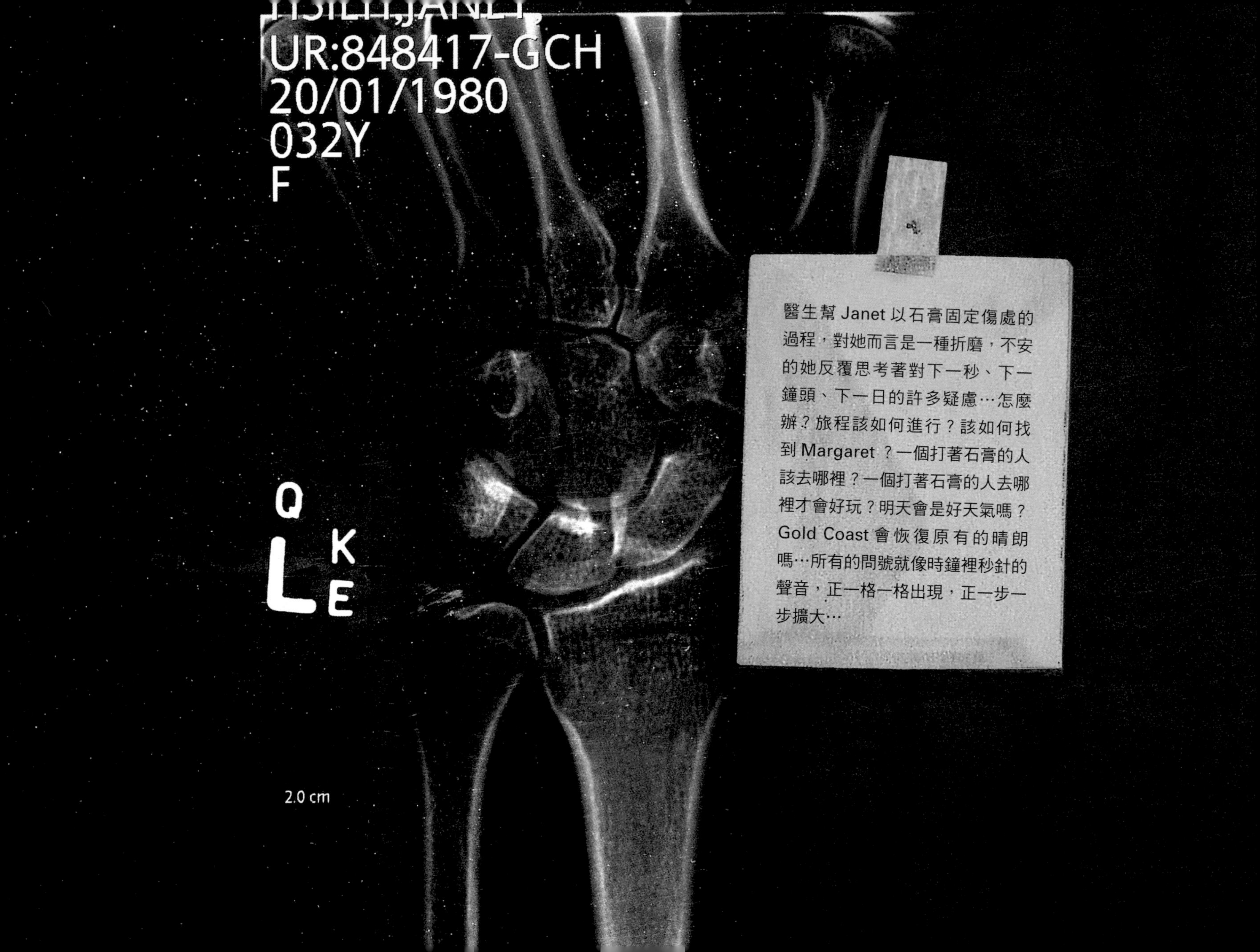

UR:848417-GCH
20/01/1980
032Y
F

Q
L K E

2.0 cm

醫生幫 Janet 以石膏固定傷處的過程，對她而言是一種折磨，不安的她反覆思考著對下一秒、下一鐘頭、下一日的許多疑慮…怎麼辦？旅程該如何進行？該如何找到 Margaret ？一個打著石膏的人該去哪裡？一個打著石膏的人去哪裡才會好玩？明天會是好天氣嗎？Gold Coast 會恢復原有的晴朗嗎…所有的問號就像時鐘裡秒針的聲音，正一格一格出現，正一步一步擴大…

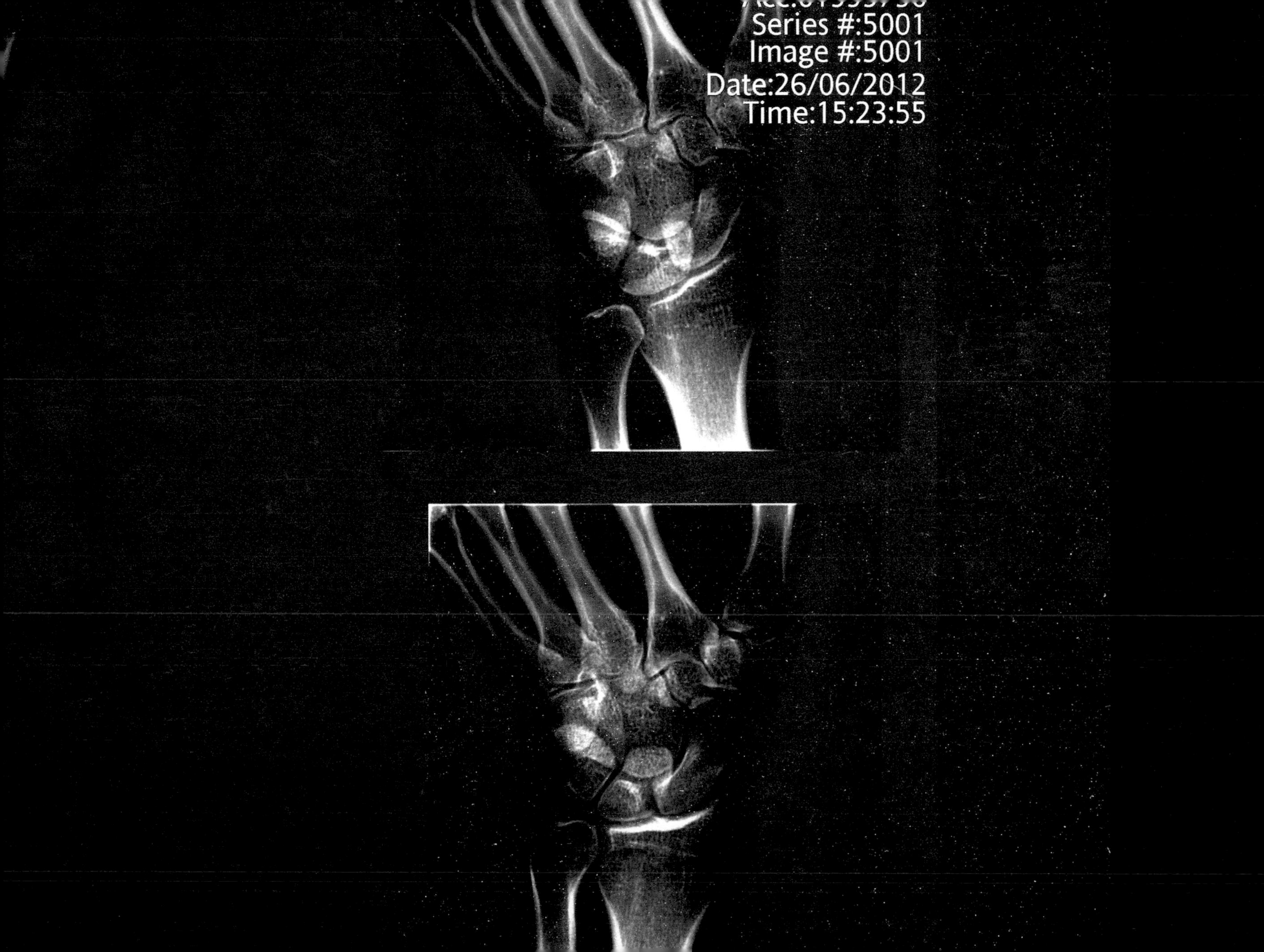

Series #:5001
Image #:5001
Date:26/06/2012
Time:15:23:55

後來，一個粉紅色蝴蝶結飛過眼前。童心未泯的頑皮老醫生為 Janet 製作了獨一無二的石膏蝴蝶結，希望她別再擔心和憂慮，這裡是 Gold Coast 耶！逗得她露出久違的笑容，想想自己多久沒笑了？是不是疏忽了這趟旅行的初衷——為了尋找新樂趣。突然，耳邊傳來熟悉的聲音，「是 Janet 嗎？」眼前出現的那位和藹的醫生，竟然是曾經在台灣有過合作情誼的澳洲棒球隊醫！經過多少年了，緣分卻讓他們在不曾想像過的情境下，久別重逢了。彼此寒暄一番，核對記憶，兩人都非常驚訝於這樣的情境，世界如此廣闊，是什麼讓他們在此相遇。Janet 發現如果不是這場陰雨、如果不是受了傷、如果不是因為這間醫院而老師偶然看見了病例…太多太多的「如果」，而如果這是世界給予自己的一個啟示…

巧遇

CHANCE ENCOUNTER

世上一切旅途都充滿不期而遇，雖然我愛好未知，但有時驚喜源自過去的緣份！

來黃金海岸的旅途一開始我的手就受傷了，雖然心不甘情不願但是看醫生確實是必要的！車把我載到醫院，由朋友陪著候診，本來在醫院門外還百般不願意，這下子走到候診室裡，才發現一切成定局啦，心裡想 ：「哎呀挺糟的，但既來之則安之吧！」

突然身後有一個聲音把我叫住 ：「Janet，是你嗎？」一開始還不知道是在叫我，頓時發現其實整個候診間只有我一個人，於是回過頭，卻看見十一年沒見的好朋友！

十一年前我在台灣實習，那時剛好是世界盃棒球錦標賽，我因為會說英文跟西文，所以所有接待海外球員的事都交給我。那時我跟古巴隊和澳洲隊最熟；古巴隊的人熱情如火，還非常擅長調情哈哈！澳洲隊的隊員們則非常開朗愉快，幾天下來，我就好像變成是他們的一份子一樣 ，在賽餘跟他們到處閒逛！當時這位朋友剛好是澳洲隊的隨隊醫護人員，我們很多機會待在一起聊天，空閒的時候約出去玩，他教了我很多事情。後來球賽一結束，我們各自又回到自己的生活，根本沒機會見面。現在因為我的手受傷而終於見到面啦！當下我再次驗證，痛與苦常常只是一時的，如果你肯等待，終究會知道它善意的啟示！

石膏

PLASTER CAST

就好像遊戲一開始人物就 Game Over 一樣，才到澳洲，我的手就骨折了。一切就像在開玩笑一樣。

我一向痛的時候不太會哭，倒是有可能大笑的！小時候玩滑雪板，為了要趕上前面的朋友，就猛力地滑，然後…就被奮力地拋出去，在空中旋轉 360 度後以屁股著地。媽媽回顧當時的情景，大家紛紛趕到現場時，發現我一直大笑。又因為我很好動，所以做很多事情不會顧慮自己是否已超過身體的極限…這次手骨折就是極佳的例子！

但是，到了醫院我千萬囑咐醫生不要給我打石膏。醫生看著我，皺皺眉、不說話，過了好幾秒，他說 ：「我們先在你手上試試石膏的效果吧。」我心想只是試試等下會拿下來吧，因此愣愣地讓他上石膏；後來石膏越上越厚，才發現好像不太對勁，抬起頭看醫師，發現他正對我露出調皮的笑容！好吧，既然木已成舟，那我就乖乖地休養骨折的手吧！

雖然打上石膏是醫生的善意騙局，我因此狠狠地學到一些教訓——要時時刻刻注意自己是不是已到了極限。這次骨折除了導致錯失許多小提琴演出的機會，也影響到日後的工作，很多安排好的事情全部打亂，對於跟我一起工作的人也很抱歉。即便如此，我依然相信意志力可以推逼自己的極限，大部份時候人容易找藉口，錯把懶散誤為極限。所以，就算打上石膏，接下來我還是會繼續挑戰自己！

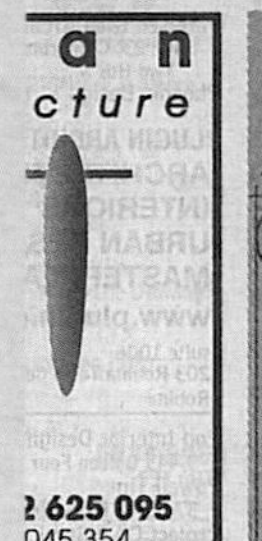

SKY POINT

獨自來到 SKY POINT 摩天樓的 Janet，雖然無法感受攀燈塔頂的經驗，但是卻擁有一個安靜、悠閒的午後。望著窗外無法停止的雨勢，她心想，或許那也是另一種角度的美好，另一種觀看世界的角度，也可能是命運給自己的另一項考驗

Dream what you want to dream, go where you want to go, be what you want to be. Because you have only one life and one chance to do all the things you want to do.

—Anonymous

憂鬱

MELANCHOLIA

黃金海岸是黃金色的，難得黃金海岸以雨天之姿，迎接我的到來！六月的台北已經是炎炎夏日，到了冬天的黃金海岸，發現這裡的雨不僅是雨，還是冷的雨，一片霧矇矇的，透露出難得的憂傷氣氛。黃金海岸當地的報紙說，這是自 2006 年以來連續下雨最久的紀錄，來自台北的我實在無法想像！報紙還說，因為連日下雨許多人已罹患憂鬱症或憂鬱症加劇，建議民眾多多玩樂放鬆心情。

在這樣下雨的海邊，心裡總感覺好像有什麼故事即將發生，可能是個愛情故事吧！但不見得是情人的愛情，也可能是親情的哀傷故事。黃金海岸就像個小鎮一樣，雨中的海邊小鎮，總令人想起許多事情。

我的記性不好，不會執著於過去，也不見得積極安排未來的冒險，因此，不管是快樂的、悲傷的回憶，好像都記不起來一樣。但在此刻我想起自己曾經最低潮的時刻，那時我從事模特兒工作，努力減肥。我討厭受任何形式的控制。減肥要求高度自我控制，雖然是我自己主動要減肥，但是內心深處卻始終抵抗控制，這次要抵抗的對象卻是…自己。於是我開始厭惡自己，感到迷失與挫敗與，在自律、暴食間來回打轉，最後患了憂鬱症。

最後我決定離開這個情境，四處移動！嘗試新鮮的事物果然是我的能量來源，我去了法國、印度、德州、加州等等地方，漸漸地在旅行當中，我重建正常飲食習慣，一旦正常飲食，體重就逐漸恢復正常，四處探尋新事物的結果，我也慢慢地再站起來了。最後我非常幸運地得到一份非常適合我的工作，給我一個舞台，沒人在意我的身材如何，只在意我的表現，就像是在適當的時間伸出的那隻援手一樣，回想起來，我真的很幸運！

太陽一出來，黃金海岸立刻變成另外一個地方，離開憂鬱後，憂鬱的情境再也記不起來了，無論如何，它再也傷害不了我了。

Janet 決定重新設定自己的旅程。重新開機，讓疲乏的電影作業系統獲得短暫的休眠。她將行李在床鋪上鋪開，一件一件檢視它們的作用與必要性，一件一件放回各自該有的位置，明天之後的旅途將有所轉變，她這樣告訴自己，無論心情或身邊的事物，應該都要以新的姿態面對 Gold Coast。

Smile; it's a curve that makes things straight.

—— Phyllis Diller

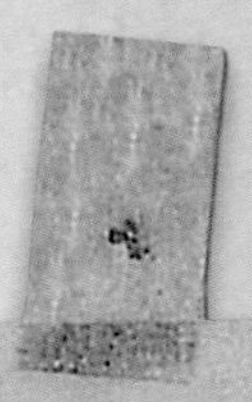

明日或許天氣有一點涼、有一些風，但是那又如何？現在她想要站在日常生活的街道上，重新建立自己對 Gold Coast 的認知，即便沒有陽光、沒有沙灘人潮，但是她相信可以找到全新的——快樂的祕密。

45
Nerang St.
PULL
NO STANDING
Express
POST
NO STANDING
AUSTRALIA
POST

You can't buy happiness,
but you can buy ice cream.
And that's kind of the same thing.
—— Anonymous

Please
keep off

what I wanted to be when I grew up.
I wrote down happy.
They told me I didn't understand
the assignment, I told them
they didn't understand life.
—— John Lennon

Gold Coast 市區中心的小丘陵上，有一個可愛的小女孩塑像，她永遠生活在美好的童年記憶裡、永遠停留在純真的時態中、永遠以充滿期待的眼神望向很遠很遠的遠方，海的另一端，那是所有人對夢的寄託。Janet 想起了那個容易快樂的年代，他們並肩，一起期許陽光的到來。對了，小女孩是她的第一個朋友，「妳好，我叫 Janet，妳呢？」

小時候_CHILDHOOD

小小孩的時候的事已漸漸模糊，我記得自己五歲開始學小提琴，也記得自己很喜歡看卡通。每天回家，都期待著阿媽炸薯條給我吃，我會坐在廚房裡等著，邊等邊看廚房裡的電視播放卡通。

在最初的記憶裡，我記得有一天我在地上看見地上好像有巧克力，被踩的到處都是，就滿心歡喜撿一口起來吃…結果發現那是土。

還有一個中午，在幼稚園裡我說什麼都不肯睡午覺。等到大家都睡著了我便偷溜下床，一直戳睡在上鋪的那個男生的床，叫他陪我玩，戳著戳著他也睡不著了，於是我們就在床底下玩了一整個午休。

他在床底下找到一個耳環，於是送給了我。

幼稚園飛來一隻鳥，不記得是受傷了還是怎麼了，我撿著那隻鳥去找老師，問老師要怎麼辦才好，老師說 ：「我也不知道啊。」我就把鳥帶回家，養在鞋盒裡，第二天發現牠死了，心裡很難過，到學校別的小朋友問起，我也不敢說實話。

最初的記憶，除了模糊，也無法解。有的時候，根本不需要理解一件事，而是靜靜地看著…

Janet 隨著補蟹船舒緩的節奏，航行在Gold Coast內海，時間好像都慢下來了，海鳥棲停於身邊，水上的鵜鶘群也在慢慢靠近…天地萬物似乎已經沒有物種的區別，生命本身都一樣珍貴。此刻她覺得像是在宇宙中飄流，而所有經過眼前的事物都是閃閃發光的星體，如此獨一無二。

**When life gives you a hundred reasons to cry,
show life that you have a thousand reasons to smile.
—Anonymous**

Everyone smiles
in the same language.
—— George Carlin

Portland

NEW ENGLAND
TIMBERLAND

CATCH A CRAB

Water Services
Water Bores
Specialist in Island Dune Sand
0413 473 826

大姐頭

SISTERS

泥蟹船的 Denise，帶著兩個可愛的妹妹們上工。小妹妹們看到我像看到大姐姐一樣，一開始偷偷地看著我，過沒多久（真的沒多久）就開始在我身邊轉來轉去，我走到東她們跟到東，走到西就跟到西，好像突然變成一個姐姐了呢。我懂，我懂那種喜歡跟著姐姐的心情，因為自己也是個小妹啊！小時候都跟著姐姐去找朋友玩，有的時候她嫌煩，有的時候就帶我一起出去，有姐姐實在是很幸福的一件事。

小時候最想要有一個哥哥了，因為自己很男性化，加上姐姐比我年長許多，我十歲的時候她就去上大學了，所以心裡一直想著：如果有一個哥哥帶我到處跑多好！但從來沒想過要弟弟妹妹，因為覺得自己不擅長照顧甚至是教育，這個責任對我而言過於重大。當家中老大十分不容易，我的姐姐就常常忿忿不平 （當然是假裝的啦）說：「我的門禁是九點，怎麼到你就變成十一點了？！」她也抱怨，自己留學就得選英國等相對比較「安全」的國家，結果妹妹十六歲就去了厄瓜多留學！姐姐走的道路相對比較規矩，依然是她自己喜歡的事情，只是身為長女，不知道還有這麼多其他的選項；當我長大了之後，父母對我比較放鬆，就放任我自己選擇，而我總是選擇最有趣、最冒險的事！所以我從來沒想過要有弟弟妹妹。

而今天，我在黃金海岸擁有兩個可愛的妹妹！到船快靠岸的時候，我們儼然成為好姐妹，有自己的祕密手勢、祕密舞蹈，嘻嘻。我問她們：「你們為什麼願意來幫忙呢？」她們便得意地展示戴在耳朵上的耳環，告訴我那是媽媽買給她們的，條件是要上船打工，為了爭取自己的零用錢，願意付出努力，這兩個妹妹實在太可愛了！

離開的時候，她們微笑著朝我奔過來，在我手裡放了一個小小的東西：那是一塊石頭，她們說那是一顆「療癒石」，希望我的手快快好起來。雖然是塊小小的石頭，還是讓我心裡甜滋滋的，她們沒有什麼零用錢，卻用唯一的一點錢化成對我的祝福，在我心裡留下了一股暖意。

Need A Reliable Electrician?
GOLD COAST
5564 0466

自然

NATURE

放眼黃金海岸，你看得到高樓和更高的樓，有平房、普通樓房，再過一個轉角，就是紅樹林、潮間帶，再往外有海灘，出了海，馬上遇到的就是珊瑚礁、其他島嶼，以及鯨魚奔馳的大海。

這裡的人們很幸福啊，好似每個人都可以找到屬於自己的幸福，就連駕遊艇出海，也不需要大游艇，船港停靠著有各種大大小小的遊艇；渴望海，就到海邊來，想要山，就到山上去，就算在山上生活，那裡也有親切的人們形成各式的社交網絡，不管到哪都不寂寞！

更令人印象深刻的是人們與自然共生的情景。這裡的孩子們從小就在自然與人類生活的交界處來回遊走，他們衝浪、從事各種水上活動與各種戶外活動，公園裡的孩子們對鵜鶘一點害怕的神色也沒有，動物出現在生活日常，好像是理所當然一樣；小孩子可以在海邊、在山裡愛怎麼跑就怎麼跑，養成日後對自然的熱愛。與此同時，他們是謙卑的，不是把自己的生存習性無限擴張至自然界，所以他們尊重與愛護動物，國家出資成立動物保護園區，並且立法保護水裡的動物，讓漁業可以永續經營。

抓泥蟹是黃金海岸地區的熱門觀光行程，我遇到了開觀光船的 Anthony，他熱情邀約我與其他乘客一起搭上他的船，在潮間帶裡抓泥蟹。Anthony 的工作夥伴 Denise，帶著她的小夥伴們——女兒、女兒的好友與老闆的小孫女，一起陪伴與 Anthony 在船上，帶領乘客抓泥蟹。小夥伴們就像大姐姐帶著小妹妹一樣，從船上這一頭衝到那一頭，在我身邊轉來轉去，我好像增

加了三個小妹妹！ Anthony 開船把我們帶到潮間帶的中央，有一個沙洲，教我們抓泥蝦釣泥蟹。從前一晚鋪下的籠子裡，一隻一隻由 Anthony 用手抓住牠們的螯拿出來，Denise 引導怯生生的客人上去迎接他們的蟹 。

Anthony 露出他的招牌大白牙，微笑咧到耳邊，向大家不厭其煩地解說 ：澳洲對於魚蝦是有很多限制的，在昆士蘭，公泥蟹若橫幅小於 15 公分，抓到了一定要放生，而母蟹是完全禁止捕捉！在釣魚用品店裡，則會販售一種尺，上面標明了所有常見魚種的大小限制，每一種魚有不同的限制，小於最低標準的魚一定要放生，嚴格禁止捕捉！聽到這裡我不得不佩服澳洲人為環境的永續所付出的努力，我們都知道，螃蟹還是帶卵的母蟹最肥美可口的呀，而他們為了愛護環境，卻願意犧牲口腹欲望！

IRIS-ELEC PTY LTD
Any Electrical Installation & Repairs
Tugun
ADISE ELECTRICA
Rise, Domestic
reakdowns & New
TRICAL
Shop Fitting, Co
Domestic, Light
Lic. No. 51
thport 4215
TALLA
RICAL
Commercial -
Industrial - S
Installation &
Elec Lic :52761 A/c
dgeeraba 4213
ICAL
20 Yrs Experience
FREE ADV
ny Electrical Installa
acement & Undergrou
allai
LLEBUDGER
NCE & ELECTRICA
ectrical & Main
stic, Commerc
one & Data Cab
lo.com.au
TAMBOR
ING PTY LTD
No Job Too
s Experience -
Call David V
LECTRICAL SERVI
CAL REPAIRS
REAT SERVICE
ER 27 YRS EXP
TERRAN
2 Market Pl Terranora
TUGU
Y LTD
estic Repairs &
iances, Safety S
Lic No. 49
ELECTRICAL SERV
ONS & MAINTENAN
Switches, Hot Water
Ovens/Cooktop and
SW Lic 112376C
Yellow™ is a
ready to he
CES

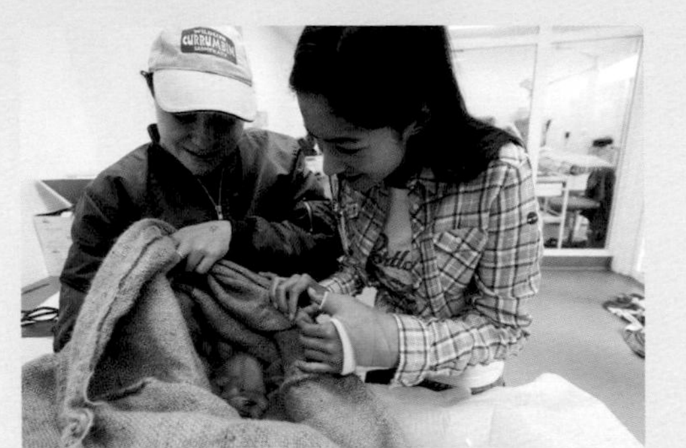

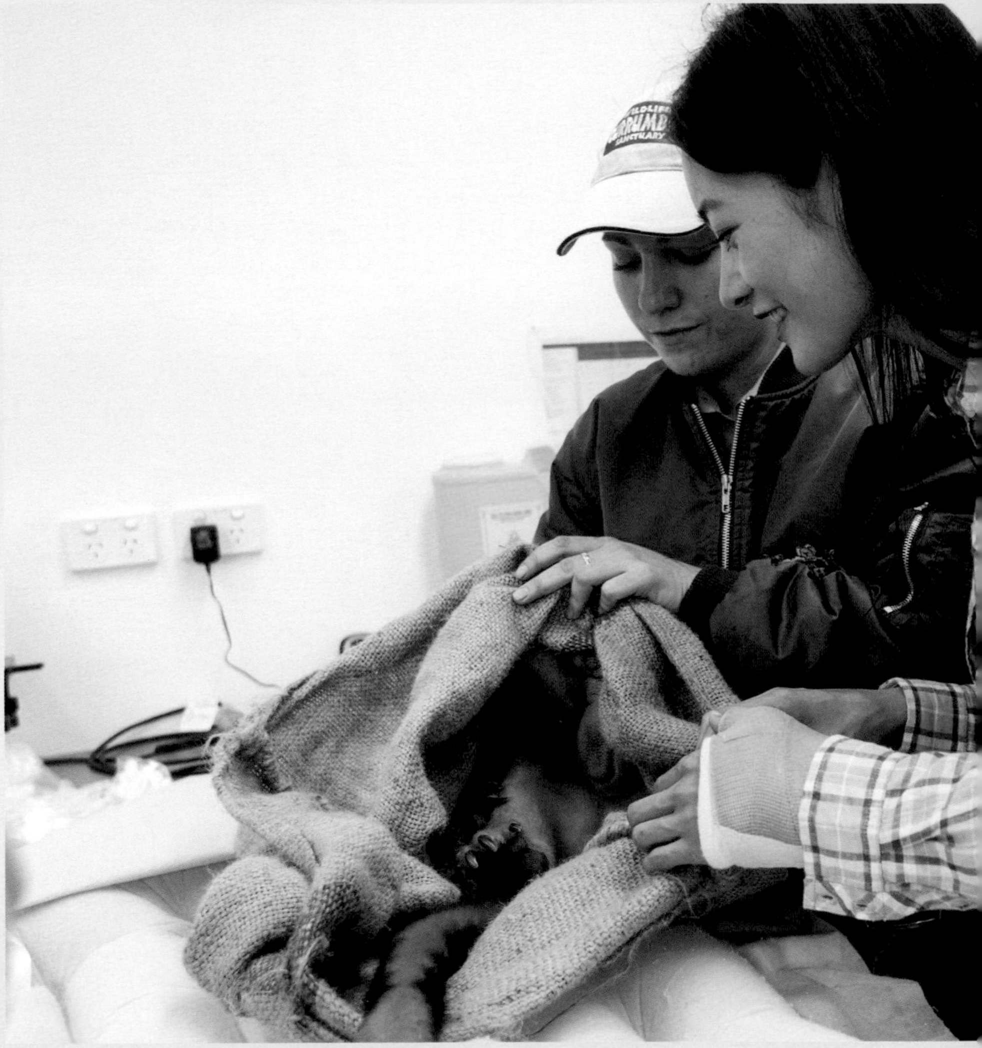

Door Closed

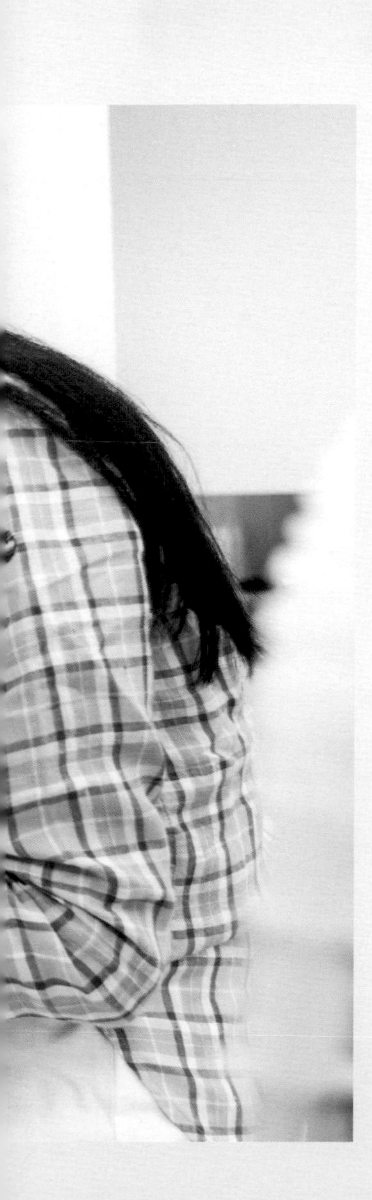

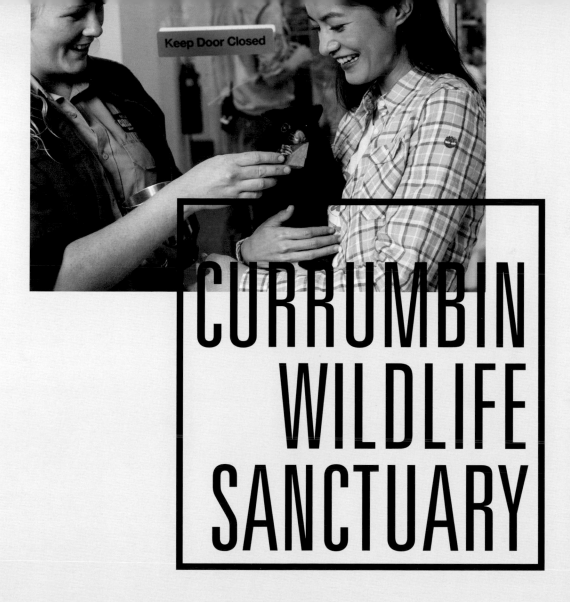

CURRUMBIN WILDLIFE SANCTUARY

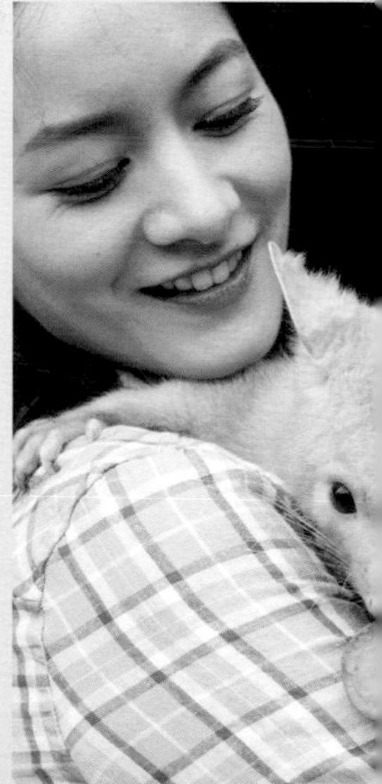

Koala Junction
Cafe 170m
Aboriginal Dancers
200m
Train Station
Lorikeet Feeding
495m

「綠野仙蹤」的故事裡，桃樂絲沿途認識了稻草人、機器人和獅子，一起前往魔法師的城堡，尋找回家的方法；在 Janet 的 Gold Coast 冒險記，她同樣有貓頭鷹、袋鼠、無尾熊陪伴著自己。微微細雨中，無論前往何處，她知道當彼此靠在一起的時候是快樂的就夠了。

When one door closes, another opens but we often look so long and so regretfully upon the closed door that we do not see the one that has opened for us.

— Alexander Graham Bell

'LOOK'....
$100-
SURFBOARDS

「我看見了！」幾名從衝浪店內走出的衝浪客，人手一浪板，正興高采烈地期待著大浪。雖然陰雨不斷，但是Janet終於明白，事情不該只有單方面的想像；對某些人而言，這樣的天氣裡，往往才有意外的驚喜。而屬於她的超完美浪陣，正在心裡不停翻湧…

衝浪店老闆說，「我們今天欠一個人手，想不想試試？」於是 Janet 找到了在 Gold Coast 的第一份工作──學習製造浪板。對許多人來說，像生命一般重要的事物，如今在她手中慢慢成形，心中頓時有了神聖的使命感。在廣大城市的一個小小店家空間裡，竟然藏著無數珍貴的寶藏，好比每一段不同的漫長旅程，每一分每一秒都可能遇見因緣際會的人事物，而他們的故事，都是自己生命裡一點一滴的養分。

REWARD
Mentawai Surf Charters
SURF THE WORLDS BEST WAVES
futures
stüart

REWARD
Mentawai Surf Charters
SURF THE WORLDS BEST WAVES
GLOBE

雨勢大了起來，Janet 轉身躲進街邊的釣具店，一向對安靜的釣魚活動欠缺興致的她，突然被老闆的熱情、專業和琳瑯滿目的工具所吸引。老闆分享了許多經驗與樂趣，珍藏的老照片，除了透露了豐富的「戰績」，更呈現著歲月的痕跡，年輕到老，一輩子熱愛一件事，絕對也是一種偉大。或許快樂就從現在開始，「今天應該也是適合海釣的日子吧！」她想。

Worms, Yabbies
PADI
padi.com
The Way the World Learns to Dive
STREETS

LIVE
Worms, Yabbies

BAIT
ON THE
Coast

TACKLE

COLD DRINKS

Those who matter don't mind,
and those who mind don't matter.
—— Bernard Baruch

夢想 DREAM

小時候我想做好多好多事，想當護士、醫生、媽媽，想當專業的小提琴手。也想做可以與動物溝通的工作，不僅僅是動物園管理園那樣，也許是動物醫生，就是想與動物有互動的工作。

我在黃金海岸的 Currumbin 野生動物保護園遇見金髮女孩 Taneil，她也許是最接近我曾經的動物夢的人了！ Taneil 是個開朗的女孩，對園裡的動物們如數家珍，甚至是當作親友那樣照顧牠們、與牠們說話。她熟知所有動物的脾氣，當她帶出那隻展翅的老鷹的時候，臉上毫無懼色；當她讓負鼠纏住她的手臂，臉上的笑容多燦爛。她用自己對動物的熱情，展示出人類與動物可以多麼快樂地相處，完全不需要教條式地宣導愛護動物的概念，因為她自己就是最好、最有感染力的示範！

我遇到的黃金海岸的人們，看上去都很開朗快樂，又遇到了一些人，把自己的熱情與專業完美結合在一起。釣魚用品店老闆 Danny，家中三代都是專業漁民，他的臉上沒有任何沉重，透露出一股簡單的氣息。他熱愛釣魚，太太也熱愛釣魚，他害羞（心裡當然是喜孜孜）地向我透露他跟老婆的第一次約會…就是約出去一起釣魚！不僅夫妻倆，連女兒也常常陪他們一起釣魚。他帶著一點驕傲地告訴我，他女兒雖然現在是職業軍人，能陪他們去釣魚的時間不如往常，但是一有假期，還是會奔回家…然後三人一起出外釣魚！

衝浪板店的老闆 Stuart 從小就衝浪（黃金海岸誰不是如此？），我問他：「你該不會是先學會衝浪再學會走路的吧！」他到世界各地去追逐最適合衝浪的浪頭，後來存了些錢，開了一間衝浪板店。這間鋪子不簡單，店面擺滿衝浪板，鑽過一道小門，後面竟是一個手工衝浪板的小工廠！裡面幾名壯漢滿面親切，向我介紹不同的衝浪板角度適合什麼樣的場合、人要如何選購適合自己的衝浪板。衝浪板就是物理學的完美運用，非常簡單的原理，卻衍生出大大的衝浪板學問。Stewart 非常自豪地告訴我，手工的店固然在黃金海岸並不罕見，但是只有他（拍胸脯）認真地兼做衝浪板選購教學與推廣！

我似乎感覺到這裡的人好像都能夠把自己的熱情變成專業，並永續經營著。黃金海岸，應該就是個這麼神奇的地方吧！

賞鯨。冬天的黃金海岸氣候宜人，雖然我遇見了前所未有的雨（當地報紙奉勸人們多多從事讓自己快樂的事，以免得到憂鬱症），但是海浪可是很精實的！從一開始上船就感覺到無比的暈眩，好動者如我，都在暈船的邊緣！

但我也不是省油的燈呢。我是個愛水的人，一想到要賞鯨、要玩水上活動，我說什麼都捨不得暈船！媽媽說我從小就很愛游泳池，一看到游泳池…就不假思索跳進去。一歲時媽媽曾經帶我到朋友家拜訪，一看到他家有游泳池，我就直接跳下去了！後來…還是媽媽穿著洋裝把我從水裡撈起來。我也記得小時候某次，我見到跳水板，毫不考慮就往最高的那塊跳板爬上去，但上去之後卻發現跳板實在太高，心裡實在太害怕了就大哭了起來；但是我卻不是選擇打退堂鼓，而是…邊哭邊跳下去，而且跳完還想再跳！這就是，愛水的我、愛冒險的我。

Plastic & Steel.
14 Wilga Gr Ashmre
Mobile Telephone 0419 733 520
Beautiful Bellydancers Prkwd
Mobile Telephone

Dream as if you'll live forever,
live as if you'll die today
— James Dean

那不是夢，鯨魚在眼前翻了一個身，Janet 相信自己所看見的…那是她維持快樂的方式。

冒險

ADVENTURE

黃金海岸是個冒險之地，面對廣大的海洋，人們對大自然有足夠的崇敬，也熱愛它，並且遠離世界主要大陸，澳洲有許許多多其它大陸上沒有的物種，全然滿足我對未知與自然的嚮往。每天一踏出房門，我就期待今天的冒險，每天每天，從未失望。

說起來其實我是個慵懶的人，不主動安排冒險（通俗地說就是不討險來冒啦）；我更喜歡的事，當有好幾個選項擺在眼前，我總是選擇最冒險且曲折的那條路走，因為躲在曲折的角落裡，也許有我前所未聞的事物！

從小我就喜歡冒險，也是個好動的人，而且看到大人做什麼我也覺得自己想做、自己做得到！然而長越大，我越懂得害怕，不是害怕冒險，而是懂得謹慎思考後果。年輕的時候沒有包袱更想不到責任，做什麼事情總以為自己是隻身一人，不曾思前顧後。現在不一樣了，一方面也比較怕死，並且想到後面的後果與責任：如果我不保護自己，讓自己受傷了，接下來拍攝團隊的工作怎麼辦？答應別人的事情不能勝任了，也會給別人造成很大困擾吧？這次手受傷，我錯失許多小提琴演出機會，這令我更深刻瞭解到責任與後果這件事，除此之外也讓我更加明白小提琴在我生命中有多麼重要的位置！

總之這就是成長，孩子的冒險總是與任性僅有一線之隔而不自知，而我相信如果有一天我當了媽媽，會更加珍惜自己的生命。

CLARINS
Varsity Lakes
5520 2522

You are only young once,
but you can be immature forever.
— Hannah Marks

這日，她迷了路，或者說是刻意讓自己失去了方向。她不想要有目的地，一如後來在心中放棄了尋找 Margaret 的機會。關於 Gold Coast 城市，依然認識不深，但是彼此已在設法漸漸靠近。她在思索一種更貼近城市的方法，遺忘也是其中之一，忘了聽過的事、忘了所想的事、忘了旅行中的慣性…從零出發，或許反而能輕易瞭解一座城市的性格，所有的快樂都在意料之外，所有的風景都將獨自珍藏。

In three words I can sum up everything
I've learned about life: it goes on.
— Robert Frost

世界安靜了下來，當 Janet 走到一處海上教堂時，陽光突然穿過厚重的雲層而來，她想，會不會是 Gold Coast 給自己的回應？這趟旅途就像一段追尋陽光的過程，最後她發現真正的陽光是在自己的心中，只要無時無刻可以找到快樂，那麼，永遠不必擔心天空是否晴朗。如果這是一個好的開始，那麼、明天的 Lady Elliot Island 想必會是同樣的美麗！

Life is an opportunity, benefit from it.
Life is a beauty, admire it.
Life is a dream, realize it.
Life is a challenge, meet it.
Life is a duty, complete it.
Life is a game, play it.
Life is a promise, fulfill it.
Life is sorrow, overcome it.
Life is a song, sing it.
Life is a struggle, accept it.
Life is a tragedy, confront it.
Life is an adventure, dare it.
Life is luck, make it.
Life is life, fight for it.
— Mother Teresa

Janet 總是期待著所有的「出發」，那代表了要往「期待」再靠近一步。她知道唯有跨出這一步，故事才能繼續，就像從高空向下望著，美好的風景讓一切都有了解釋。

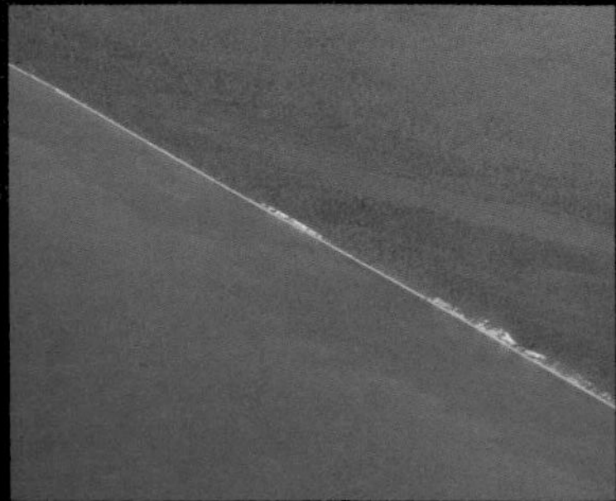

www.ladyelliot.com.au

LADY ELLIOT ISLAND

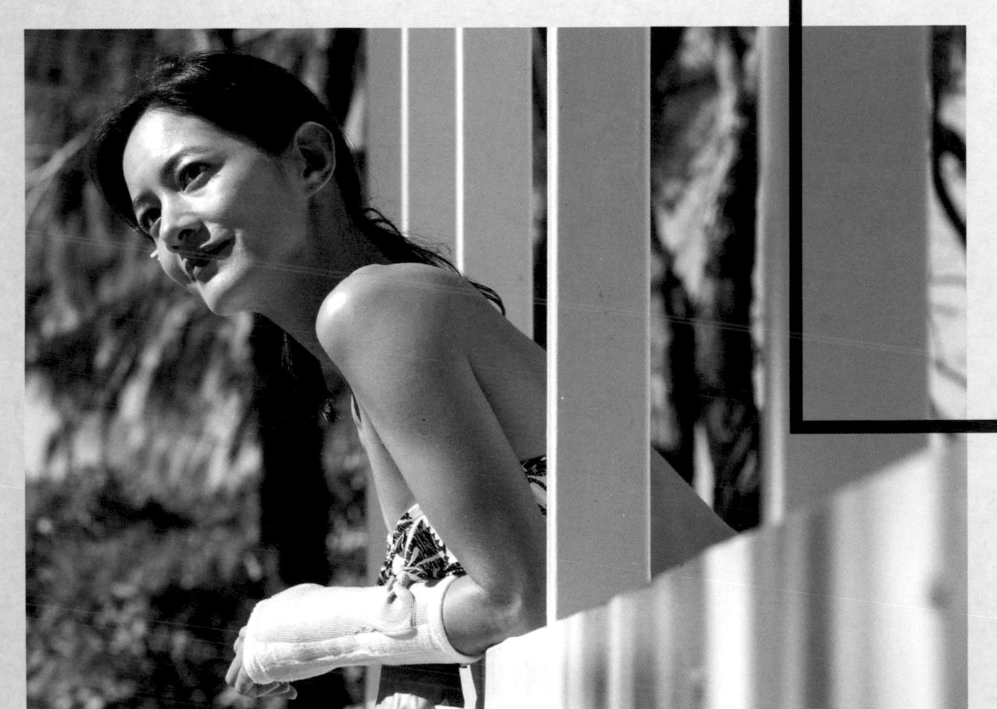

**If you obey all the rules,
you'll miss all the fun.
— Katherine Hepburn**

在 Lady Elliot Island，陽光下的生活感受，讓她不再想起之前的陰雨。這裡是澳洲大島裡的一座小島，彷佛星系中的一顆小星球，時間是他獨享的，她心裡卻已將祕密訊息發送至光年之外。

VAPOUR ONLY
CYLINDER UPRIGHT
ELGAS
WEIGHING ONLY
VAPOUR ONLY
STAND CYLINDER
ELGAS
COMPRESSED
PROPANE
KEEP
CYLINDER
COOL
45 KG NET
FILL BY WEIGHING ONLY

There are so many people out there who will tell you that you can't. What you've got to do is turn around and say "watch me".
— Layne Beachley

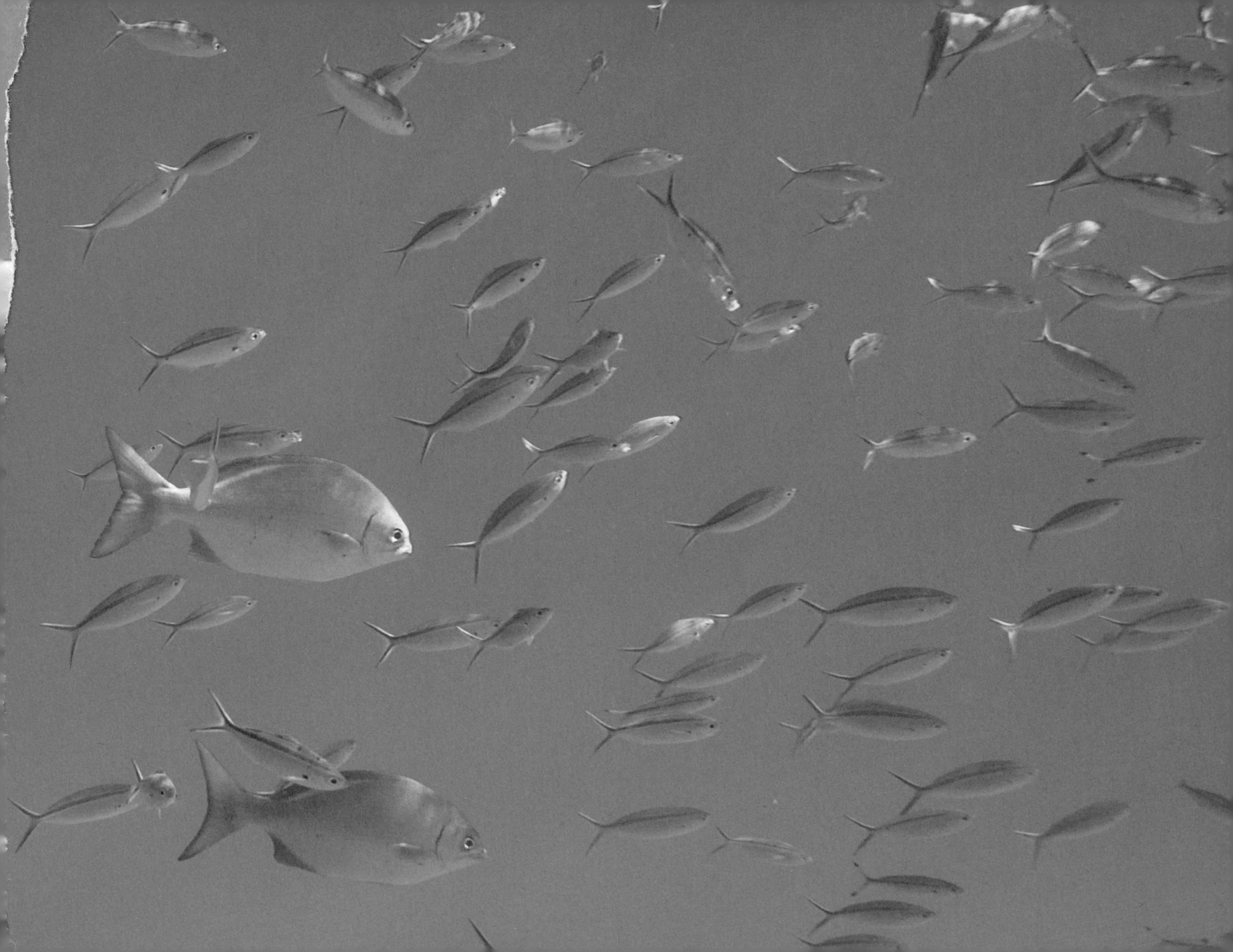

許願 MAKE A WISH

在黃金海岸，海龜給我了以下啟示：這個世界真的會回應你真心的願望！

海龜在各地文化裡都是以正面的形象呈現，牠給人的感覺是沉穩的、緩緩的；在夏威夷，海龜是保育類動物，而且在很多靠海的地方，都傳說如果海域裡出現海龜，表示那裡不會有兇猛的鯊魚出現。自從第一次在巴哈馬遇上海龜，我就一眼愛上，後來一直收集跟海龜有關的事與小物品。海龜何其可愛！我多麼想與海龜一起游泳！

但是來到澳洲的頭幾天，我總是錯失見到海龜的良機，不是沒辦法下水，事後聽見人說見到海龜而捶胸頓足，就是我下水的時候沒看見任何海龜。我已經有十年沒見過海龜了啊！後來來到 Lady Elliot 島上，我根本就灰心了，想都沒想過能見到海龜，已經把這件事拋在腦後（日子總要過下去嘛）。

在好不容易放晴的日子裡我前往 Lady Elliot lsland，從黃金海岸的小小機場出發，坐的是小型七人座飛機。駕駛員 Parco 應觀眾要求在海上繞了好幾回。我們低低地飛行著，只見黃金海岸慢慢變小，從空中看見高聳的幾十層樓大廈也漸行漸遠。海上羅列了一點一點的小島嶼，多半是珊瑚礁島…慢慢地飛到了 Lady Elliot lsland。

Lady Elliot lsland 一天只接納 150 名遊客，為的是保有土地的生態，不過份造成島上生態環境的負擔。並且為了保護生態環境，島上不開放遊客自由參觀，規劃了一連串的行程，包含浮潛、珊瑚礁漫步、餵食魚類等的活動，處處可見澳洲政府對生態永續的重視。導覽員說了這麼多，其實我心中一直在糾結到底要不要下水，畢竟手斷掉了嘛！坐在玻璃遊船上心裡還想著：其實都可以從船上看到水底，乾脆不要下水浮潛，好保護自己的手。但是…畢竟我是個不願意錯失任何未知事物的人，最後我決定把手用垃圾袋包起來，跳下去了！

終於和我夢寐以求的海龜相遇了。

見到海龜的時候我在水底差點大叫了起來！是海龜！是海龜！十年沒見過的海龜！我立刻尾隨牠，跟牠一起游了很長一段路（可能也沒那麼長，但我希望此刻是永久的），我猜自己全程都是帶著微笑的吧！上岸之後，我好高興自己做了最對的決定，並發誓以後不要錯失任何可能看見海龜（或其他我不知道的事）的機會！

真心許願，世界會好好回應你的，即便那已經是十年後的事了。

未知 UNTITLED

「未知」是我活著的動力，我總喜歡自己不知道的事，不願錯過任何一件。前幾天還沒受傷的時候，每天出外景潛水，每天吸取氧氣瓶的空氣，其實很疲累；一個清晨，我們的工作人員準備下水拍攝，他們好意讓我休息因此沒叫我，但我一早就隱約聽到他們的動靜，掙扎了沒多久，我立刻跳下床，跟著他們一起下水…為的就是不願意錯過一絲一毫我可能錯過的事物。

而來到美麗的 Lady Elliot Island 這天，雖然難得天空終於放晴，剛脫離陰鬱的空氣卻依然有殘留的涼意，加上我的手打上了石膏，所以最初有點猶豫該不該下水浮潛。最後我心想…如果，如果我不下去，因此錯過從沒見過的生物呢？如果我錯過了夢寐以求的海龜呢？於是我果決地潛入水裡，石膏上還套了黑色大垃圾袋，人倒是下去了，手卻一直浮在水面，我的樣子一定看起來很好笑吧?! 事後證明，我看見了大海龜，不僅如此還跟牠一起游泳！

未知，總是令人在知道它真面目的那一刻，慶幸自己得以窺探。

飛行 FLY

當我們從 Lady Elliot 飛回黃金海岸時，我坐在副駕駛座上，開玩笑地說想開飛機，駕駛 Parco 說，好啊。我還以為他才是在跟我開玩笑！

結果當飛行高度達到一定標準的時候，他就把自己的控制桿放開了：「現在，由你帶我們到達目的地吧！」他引導我操控方向桿，我一點一點地帶領飛機移動，Parco 時不時地還會指著遠方的雲說：「朝向那朵雲飛就對了！」我們一路飛過好多星羅棋佈的島嶼上頭，遠遠地看到大翅鯨跳出水面，從水上看大翅鯨跟從空中看好不一樣，看到的是小小的大翅鯨跟小小白白的水花。

他教我如何與塔台溝通，然後我們就慢慢地接近黃金海岸了。從大海、島群到陸地的痕跡，再來是海與陸地交界的地方，再慢慢推演到城市的樓房，一切就在我腳下。當飛機完美著陸時，他對我笑了。在這一刻，我心裡又增添了一個夢想，就是四十歲後要回來學開飛機呀！

那一個下午，在鵜鶘灣附近，Janet想起了旅途中發生的許多事，擦肩而過的、無可奈何的、似曾相識的、萍水相逢的⋯陽光越來越好，幾個孩子在沙洲上盡情奔跑，她也想成為他們的一員。很多時候，快樂就是如此簡單，生活中處處能令人感到驚喜。Janet突然明白，與其繼續煩惱該如何帶走這些回憶，或者眷戀不捨，不如盡情展現自我，試著在與其他人互動中，讓自己變得更好——成為他人的美好回憶，才是生命中最珍貴的事！

Don't just look, observe...
Don't just swallow, taste...
Don't just sleep, dream...
Don't just think, feel...
Don't just exist, live...
—Anonymous

Surfcraft
prohibited
Danger:
No swimming
Red and yellow flags:
Swimming area
Red flag:
Danger
Yellow flag:
Swim with caution
可愛的救生員男孩說，他
最喜歡看著海天一色，沙
灘上人來人往，如同色彩
斑斕的熱帶魚，紛紛走入
一片湛藍。他經常這樣安
安靜靜度過平和的一天，
什麼事都沒有發生，那是
他最快樂的事。

DANGER

SURF RESCU
DHL

SURF
FLAGS = SWIM
NO FLAGS = NO SWIM

人生最大的快樂莫過於飽餐一頓。為了旅途紀念以及挑戰自我，Janet 心血來潮報名了當地一年一度的馬拉松大賽，為此，她決定這一天要盡情享受 Gold Coast 的新鮮美食，充分補充身體所需的能量。她一直都知道，只要懂得善待自我、傾聽自我，無論面對任何挑戰，至少都不會有遺憾的結果。至於明天，當太陽升起來之後，自然就會明白開如何向前了…

FERRY ROAD MARKETS

5697
A
asics

Running is the greatest metaphor for life, because you get out of it what you put into it.
——Oprah Winfrey

天未亮的凌晨馬路上，傳來節奏明確的喧嘩聲，是 Foo Fighters 的〈Best Of You〉在路的另一側重複播放。前所未見的景象，天空依然昏暗，廣場卻已擠滿了前來迎接馬拉松大賽的跑者，最強悍的勇士。Janet 知道 Gold Coast 之旅的最後一站，已經在不遠處等著了，所有的旅途都有終點，關鍵在於你如何選擇壓線的方式。她知道自己並非最快的，但是一定可以通過終點，而她不曾對自己失望過。因為生命無法重來，如果將每一日都當作僅有的一切，我們可能會多一點憂傷、多一點不安，但也因而不會錯過任何所有快樂的細節。

Australia's
Gold Coast
ASICS HALF MARATHON
5697

Gold Coast
5697
7322

Australia's
Gold Coast
Famous for fun

Gold Coast
5697
intraining
7322
7118

Nothing's better than the wind to your back, the sun in front of you, and your friends beside you.
——Aaron Douglas Trimble

Don't bother just to be better than your contemporaries or predecessors. Try to be better than yourself.

—— William Faulkner

FINISH
Gold Coast Airport
MARATHON
2012
asics
CITY SURF
9991
TIMEX
THE RAT PACK
ESM
SECURITY

FINISH
Gold Coast Airport MARATHON 2012
Gold Coast Airport MARATHON 2012
HALF MARATHON
Gold Coast Airport
Events Queensland
Queensland Government
Gold Coast City Council
asics
SUNCORP BANK
Southern Cross University
ENDURA SPORTS NUTRITION
Gold Coast Airport MARATHON
Gold Coast
ASICS HALF MARATHON
5697

THIS SIDE

UP

n the end, it's not going
o matter how many
reaths you took, but how
nany moments took your
reath away
— Shing Xiong

Gold Coast
Famous for fun
ASICS HALF MARATHON
RECONDITIONED
TRANSMISSIONS
WARRANTY
DELIVERY

馬拉松

MARATHON

要跑馬拉松前一天好緊張啊！在黃金海岸的這幾天，完全疏於訓練…直到領了衣服的這一刻，我開始好緊張啊！主辦單位跟我說，Janet 你不一定要跑完沒關係，不要緊。我心裡卻盤算著：「不可以！我一定要跑完，我一定要跑完！」

這 21 公里不只是自我挑戰與見證，我想要趁這個機會鼓勵人們：我打著石膏還是可以跑馬拉松，大家都可以的！我想用自己的經歷告訴大家，放棄不是選項！這幾年我越來越有身為公眾人物的自覺，很多事情我自己想做的，現在會更進一步想到：這件事情我如果做了，可以分享給人們。面對不太願意做的事，我經常會想到自己身為公眾人物，攝影機對著我，我應該可以試試，並且更有勇氣嘗試。甚至在沒有攝影機的時候我也會自發性地抱著這個想法，覺得透過我親身經歷，可以鼓勵大眾。工作與生活，已是緊緊連在一起了。

所以，也許在鏡頭前我可以假裝，但自己心裡明白其實沒有完成，將因此感到非常不踏實。雖然我會害怕、雖然 21 公里對我而言也十分艱難，但還是不輕言放棄！

在我 18、19 歲的時候，一位非常非常要好的朋友因車禍過世，我陷入了深深的迷惑、不解與悲傷：我為什麼失去了他？為什麼這件事會在此刻發生？為什麼？…所有的一切都沒有任何答案，沒人回應我的疑問，他們也不知道。如果得不到答案，我會永遠離不開迷惑。後來，

當時我與姐姐在事發後不久來到澳洲，同樣是為了跑馬拉松而來，我在衣服上印著他的名字，邊跑邊想念著他，感覺他是陪著我一起跑完全程的；邊跑，我邊明白了人在這個世界上遭逢的一切都是有理由的，你不會沒有答案、徒勞走一回，而回應不見得是當下立刻就能得到的。在那次悲傷的旅行，我一瞬間成長了，明白世界上這麼一個道理，得到走下去的力量了。

直到現在，所有的疑惑都能得到解答。我想大喊 ：我是個幸運的人！

Janet 重新回到 Sky Point 摩天樓，完成了幾天前錯過的 Sky Point Climb。離開 Gold Coast 之前，她希望清楚看見城市的全貌，凡是眼望而去的一切，都將成為最珍貴的記憶，或許這是最終的紀念，也或許將成為她下次返回此處的依據。

SKY
POINT
CLIMB

COAST | AUSTRALIA

靜止
QUIET

Q1 塔曾經是世界第一高樓，但現在已經不是啦，隨著時間，人類會一直想要用某些非常直接的方式超越極限。這天我跟著嚮導爬上 Q1 塔的頂端，上去之前工作人員對我解釋得鉅細靡遺，然後替我打點好安全措施就帶領我到頂樓了。此時我非常緊張，大膽如我，都想著等下一定會感到非常恐怖的！

但是出乎我意料之外，在頂樓的時候心裡沒有感受到一絲絲恐懼，除此之外，還感受到寧靜的氣氛。在這裡我看見黃金海岸完整的海岸線，再往北，看到紅樹林的總合，接下來延伸出去就是大海了。旁邊有一些水道，遠遠地看著底下的車輛。另一側，你看到住宅區、豪宅、幾十層樓的高樓，黃金海岸的城市風貌顯現在眼前，才發現它是個規劃很好的城市呢！

這裡是個熱鬧的地方，人們常常歡笑，此時我身在城市的正中央，卻在遠離地上 300 多公尺的地方，什麼吵鬧都聽不見，冬天冷冷的風吹過來也好像聽不見一樣，非常寧靜。整個世界就這樣靜止了。

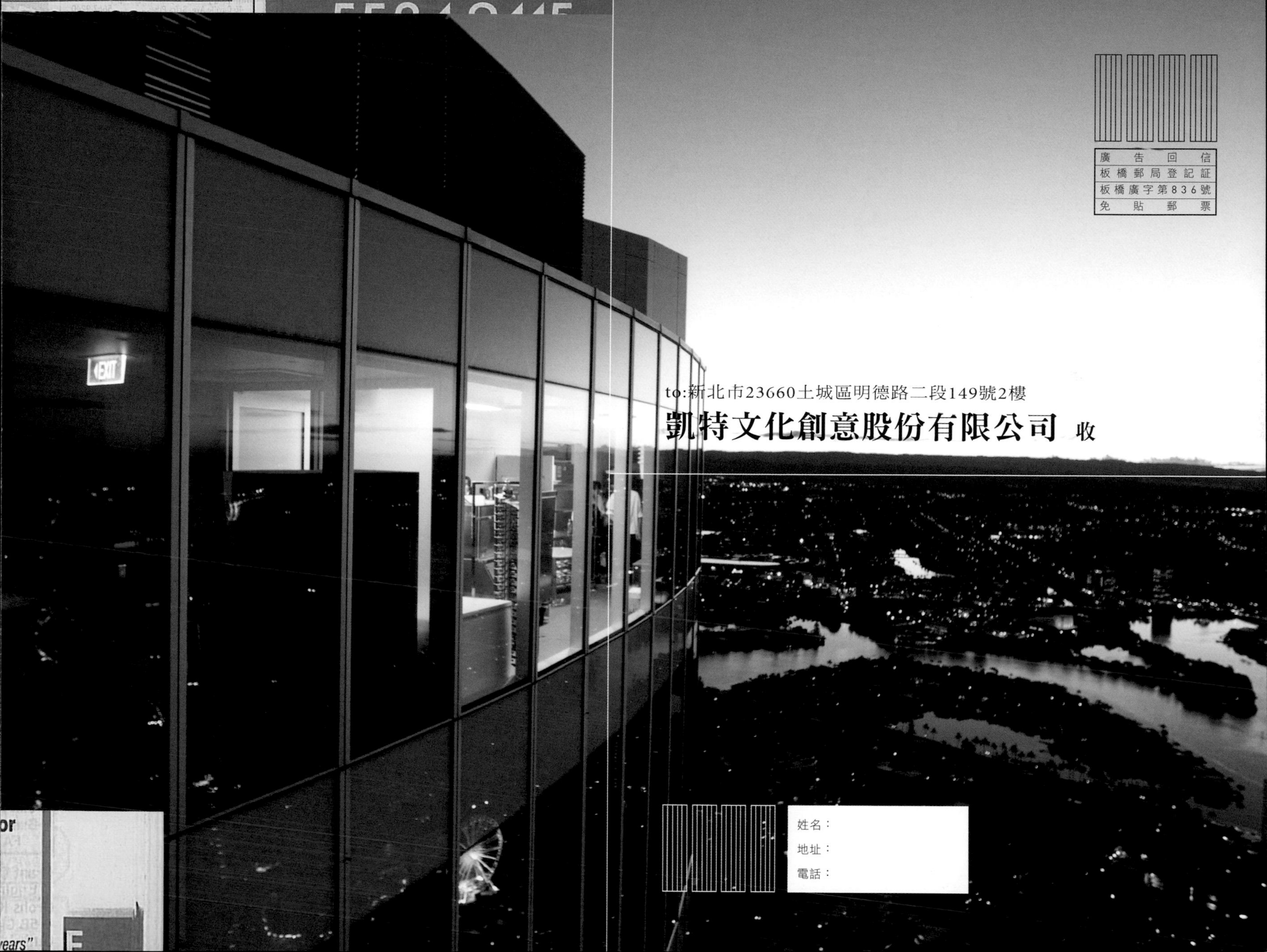

廣告回信
板橋郵局登記証
板橋廣字第836號
免貼郵票
to:新北市23660土城區明德路二段149號2樓
凱特文化創意股份有限公司 收
姓名：
地址：
電話：

凱特文化

讀者回函

敬愛的讀者您好：
感謝您購買本書，只要填妥此卡寄回凱特文化，即可不定期獲得新書訊息。

您所購買的書名：AU FOR YOU 快樂的祕密

姓　　名＿＿＿＿＿＿＿＿　性別　男□　女□

出生日期＿＿年＿＿月＿＿日　年齡＿＿＿＿

電　　話＿＿＿＿＿＿＿＿

地　　址＿＿＿＿＿＿＿＿

E-mail＿＿＿＿＿＿＿＿

＿＿ 學歷：1. 高中及高中以下 2.專科與大學 3.研究所以上

＿＿ 職業：1.學生 2.軍警公教 3.商 4.服務業 5.資訊業 6.傳播業 7.自由業 8.其他

＿＿ 您從何處獲知本書：1.逛書店 2.報紙廣告 3.電視廣告 4.雜誌廣告 5.新聞報導 6.親友介紹 7.公車廣告 8.廣播節目 9.書訊 10.廣告回函 11.其他

＿＿ 您從何處購買本書：1.金石堂 2.誠品 3.博客來 4.其他

＿＿ 閱讀興趣：1.財經企管 2.心理勵志 3.教育學習 4.社會人文 5.自然科學 6.文學 7.音樂藝術 8.傳記 9.養身保健 10.學術評論 11.文化研究 12.小說 13.漫畫

請寫下你對本書的建議：＿＿＿＿＿＿＿＿

CLIMB CERTIFICATE
CONGRATULATIONS
Janet Hsieh
You have conquered SkyPoint Climb, Australia's highest external building climb atop the Q1 Tower, enjoying 360° views at 270m high above the Gold Coast.
29 June 2012
Megan
SkyPoint Climb Leader
SKYPOINTCLIMB.COM.AU
SKYPOINT CLIMB
GOLD COAST | AUSTRALIA

最好的故事必須是持續往前邁進的。Janet 的旅程成了一種追尋，起初雖然充滿了不安，藉由對 Gold Coast 體會與探索，她重新找到前進的方向，並學習了克服種種困境的態度，所獲得的成果則是加倍甜美！如今，她準備繼續上路，來自 Gold Coast 的回憶，則成為勇氣的來源，一旦有人問起，Janet 只會說，那是很久很久以前的事了…「只要願意，我們無時無刻都可以擁有最好的故事。」

Happiness is when what you think,
what you say and what you do are in harmony.
——Mahatma Gandhi

AN·8862

Some cause happiness
wherever they go; others
whenever they go.
——Oscar Wilde

凱特文化 星生活 42

AU FOR YOU 快樂的祕密

作　　者　Janet Hsieh 謝怡芬
發 行 人　陳韋竹｜總 編 輯　嚴玉鳳｜主　　編　董秉哲
責任編輯　董秉哲｜封面設計　Chen Jhen｜版面構成　Chen Jhen
平面攝影　郭政彰｜妝　　髮　Emily｜影像拍攝　動能意像製作有限公司
影像剪輯　小朱｜製作協助　Tim、王詩情、Renee、尹耀文、李毓琪｜行銷企畫　陳映君、戴運佳
感謝　TOURISM and EVENTS QUEENSLAND　Timberland　康維他　asics　ASUS　LOEWE　KIUS　CHINA AIRLINES　ROXY
印刷　通南彩色印刷有限公司｜法律顧問　志律法律事務所 吳志勇律師

出版　凱特文化創意股份有限公司
地址　新北市 236 土城區明德路二段 149 號 2 樓｜電話　（02）2263-3878｜傳真　（02）2263-3845
劃撥帳號　50026207 凱特文化創意股份有限公司
讀者信箱　service.kate@gmail.com｜凱特文化部落格　http://blog.pixnet.net/katebook
營利事業名稱　聯合發行股份有限公司｜負責人　陳日陞
地址　新北市 231 新店區寶橋路 235 巷 6 弄 6 號 2 樓｜電話　（02）2917-8022｜傳真　（02）2915-6275

初版　2013 年 2 月｜ ISBN　978-986-5882-10-5｜定價　新台幣 499 元

ecake
hop
Freshness
Guaranteed
Ph 5526 3266

AU
Janet
FOR YO
快樂的祕密 謝怡
Isle of Capri
Girung Island
Gold Coast Arts Centre
Art Gallery
Gold Coast Cncl Off
Bundall Business Centre
Sunset
Paradise Island
Lex Bell Park
Surfers Paradise
SALERNO
BUNDALL
Rio Vista
Sorrento
Rialto
Albert
BROADBEACH WATERS

coles express
save 4¢
"FROZEN COKE" INSIDE
V-Power

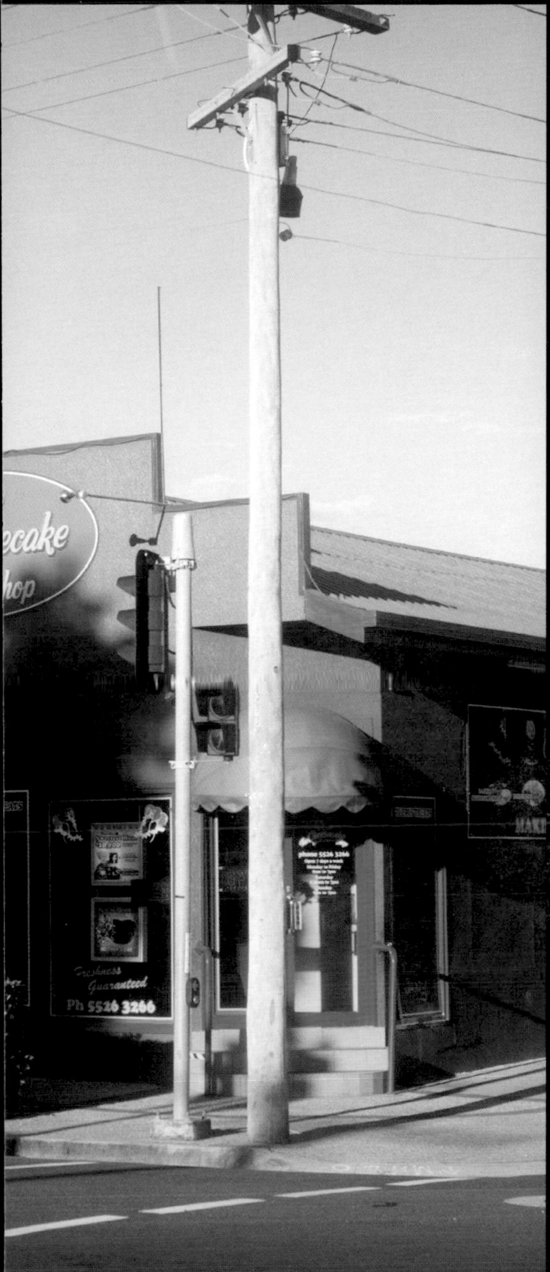

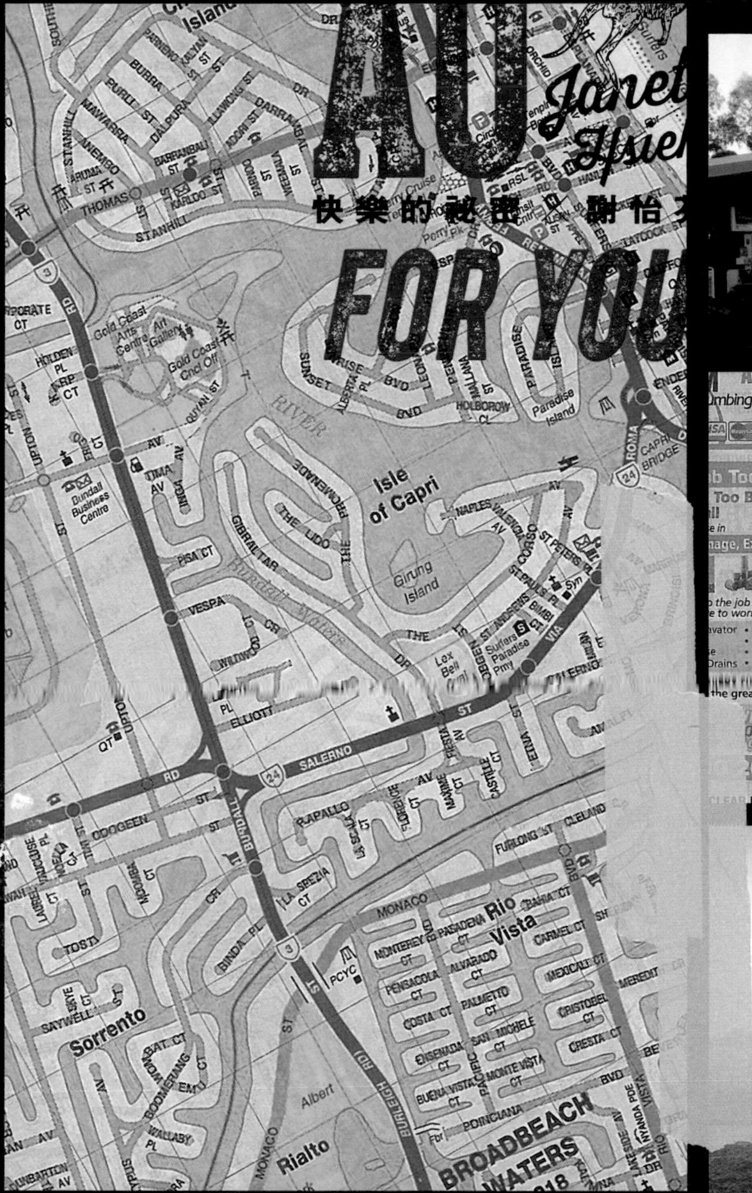

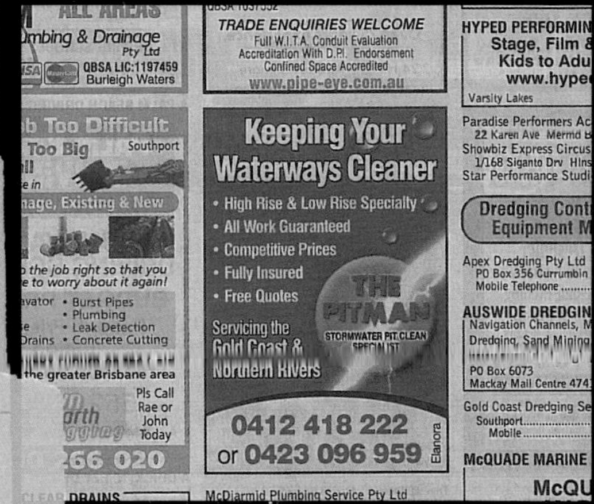

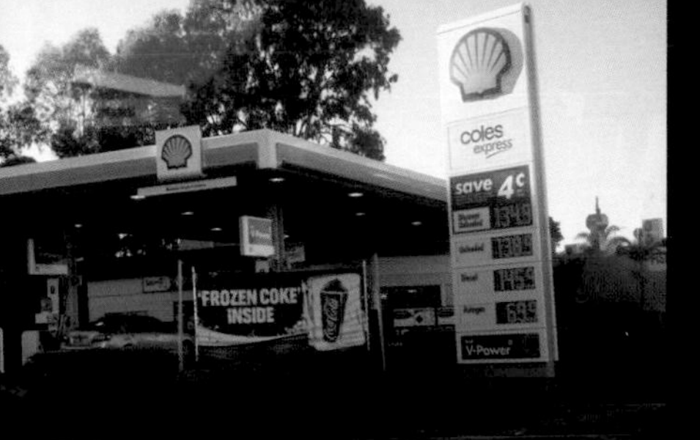

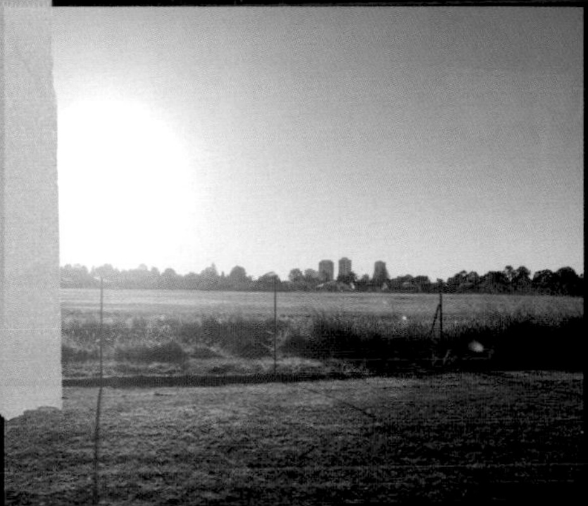

旅途中，其實 Janet 已經找到 Margaret 寄來的那張相片裡的海岸線了，只是選擇放在心底，讓它像一首旋律悠揚安穩的老歌，持續播放。雖然沒有和 Margaret 相遇的緣分，但是在 Gold Coast 的日子，讓她遇到了更多新朋友、新事物與新體驗。命運如此奇妙，快樂的祕密早已存在每個人心中，而這城市賦予所有人的還會更多更多…

Shoot for the moon. Even if you miss it you will land among the stars.

AU *FOR YOU*

Alchemy – the transformation of simple materials into gold
Unfettered. Free.
Forecast: SUN
Oh, I think I could live here!
Random serendipitous events that change your life
Young at Heart
O:
Unforgettable memories